著作合同登记号 图字：11-2023-323号
Magda vole avec le vent
Text by Anne Sibran
Illustration by Émilie Angebault

图书在版编目（CIP）数据

风中小世界 / (法) 安妮·西布兰文 ; 祝雨清译 ; (法) 埃米莉·安热博图. — 杭州 : 浙江科学技术出版社, 2025. 4. — (大自然的魔法课). — ISBN 978-7-5739-1756-0

Ⅰ. I565.85

中国国家版本馆CIP数据核字第2025RD0592号

大自然的魔法课

风中小世界

[法] 安妮·西布兰（Anne Sibran） 文
[法] 埃米莉·安热博（Émilie Angebault） 图
祝雨清 译

浙江科学技术出版社·杭州

玛格达正在果园里找地方画画。这时，她发现了一只小小鸟，躲在一小片树叶下。

小鸟的头上有一顶金色的羽冠。

“我叫哩啵。我在蜘蛛网里弄伤了我的翅膀。我真希望它能在大旅行之前好起来。”

“那我来陪着你吧，这样时间过得快一些。”玛格达提议。

戴菊莺哩啵很高兴，唱起了歌，歌声如笛。

突然，玛格达的画飞走了。松鼠马里奥蹦蹦跳跳地追在画纸后面，一只松鸦跟在它身后。

“到底是谁从我这儿把我的画拿走了？”小鼹（yǎn）鼠问，“我可谁也没看见啊。”

“是春风，它最爱玩闹了。”哩啵回答道，声音叽叽喳喳的。

“春风？”

戴菊莺望着天空叹了口气：“春风每年都会来接我们，带我们去云杉森林……”

“哩啵……我住在地下，一点儿也不了解风。”小鼹鼠承认道。

“她不知道风是什么？！”松鸦惊叫了一声。

一对斑尾林鸽赶了过来。

鸽女士问：“发生什么事啦？”

“我想给我的新朋友讲讲风的事。”戴菊莺回答说。

风是不是知道了大家正在谈论它？它将果园里飘落的樱花花瓣吹起，吹成了一片花瓣云。

“是风创造了这么美的景色吗？”玛格达赞叹着问。哩啵点了点头。

“但风可不容易被看见。”蜗牛阿希尔补充说。

“哩啵，春风已经来了，现在该走了！”其他戴菊莺啾啾叫着。

“去哪里？”阿希尔问。

“去云杉森林。现在是筑巢的季节了。”鸽先生回答。

“但是我现在还没办法飞行。”哩啵伤心地低声说。

“那我在这里陪你。”蜗牛提议。

“来吧！我有一个主意！”小鼹鼠大声宣布。

大家又有了希望，围在玛格达的周围。

“我们来做一只大风筝吧！”玛格达提议。

住在池塘的小伙伴们也兴致勃勃地过来帮忙了。凤头䴙䴘（pì tī）拿出了几片羽毛，水蜘蛛编织了几个气球。风开始打转儿，它在等待搭乘它的旅客的当儿，让花儿跳起舞，让果园里的花瓣像雪花一样四处纷飞。

哩啵重新露出了微笑。

“我们现在睡吗？”哩啵声音清脆地问。

眨眼间，所有戴菊莺都围了过来，靠在哩啵身边，团成了一个羽毛绒球。

“在这羽毛下边应该很舒服吧。”玛格达想。

“咱们出发去云杉森林啦！”小鼹鼠大声叫道。

风抚摸着她的皮毛，在鸟儿的翅膀下开辟出一条沙沙作响的小路。

“哩啵，你喜欢这样吗？”

“我太喜欢了！”被固定在风筝上的戴菊莺回答道。

小鼹鼠的鼻子被风吹得粉红粉红的，视线也被风吹出的泪水模糊了。大地上的小山丘、河流和高山慢慢地展开在小鼹鼠的眼前。“风真是无边无际啊，”小鼹鼠想，“风能去任何地方，却不露面。”

“世界上有很多风吗？”玛格达问。

“那可太多了。有平平无奇的风，有湿润的风，有星夜的风，有来自山谷、荒漠和森林的风。哪儿有大地的呼吸，哪儿就有风。”鸽女士解释道。

“但在这里，风就进不来了。”鸽女士继续说。

玛格达发现了这一片安静之地，所有的东西都圆鼓鼓的。在这里，一些细小的旋涡勾勒出了奇怪的动物形状。

“我的皮毛湿透了！”玛格达惊讶地喊了出来。

“雨是在云里形成的嘛。”鸽女士笑着说。

“玛格达，看哪！我们在五颜六色里飞行！”
哩啵冒冒失失地挺起身来喊道。

一阵疾风让风筝掉转了方向。

小小的戴菊莺被风翻倒了。

“哩啵！”玛格达害怕地尖叫。

哩啵扇动着它那受伤的翅膀，在空中恢复了飞行。

“噢，我的翅膀现在痊愈了，我在飞呢！”哩啵发出小喇叭似的声音。

“我们现在已经抵达第一座高山，云杉森林不再那么遥远了。”鸽先生咕咕地叫道。

“哩啵，我的朋友，春风真是让我着迷啊。我很想把它画下来，但我不知道该怎么画。我们看不见风。”玛格达说。

哩啵回答：“那你可以看见被风卷起来的种子吗？”

“有些种子还有像小鸟一样的翅膀呢！”蜗牛阿希尔注意到。

“对的，如果你们仔细看，有时还能看到蚜虫、小蜘蛛、金龟子和蝴蝶，甚至还能看到荒漠里的沙粒。”

“那风有形状吗？”小鼹鼠问。

“想要知道的话，就得飞行！”哩啵回答。

“咱们要再次出发了！”鸽女士说着，一头扎进了风里。

忽然，当他们飞过一个河湾时，风的形状出现了：亮闪闪的丝带在淡蓝色的水面上荡漾。

“我看见风啦！”玛格达被深深地触动了，叫道，“哩啵，看风留下的那些波纹。我现在知道该怎么画风了。”

“阿希尔，还有一样东西我不知道该怎么画，那就是风是怎么让它抚摸过的东西唱起歌来的。你听到松针的声音了吗？”

“玛格达，”蜗牛回答道，“这声音像一条小溪在流淌。”

鸟儿们坐在树枝上，欣赏着玛格达的画。

“你让我们更爱风了。”一只乌鸦呱呱叫道。

“太阳落山了，别睡得太晚，明早我们还要早点儿赶路呢。”鸽女士说。

“我们睡吗？”玛格达轻轻地问。

眨眼间，所有戴菊莺都凑了过来，靠着小鼹鼠和蜗牛，团成了一个羽毛绒球。

“羽毛下边果然很舒服。”玛格达轻声感叹。

“我倒是什么感觉也没有……”缩进壳里的蜗牛说。

首先，我们来揭秘一下主角玛格达在现实生活中的样子！

让我们一起来认识一下花田小世界里的动物朋友吧！

云雀

体长15～20厘米，通常在高空飞行，主要以昆虫和植物种子为食。云雀的羽毛颜色虽不算华丽，但它的鸣声活泼而悦耳。

七星瓢虫

蜗牛

尽管故事里的阿希尔四处旅行，但现实生活中的大多数蜗牛一生的活动范围不超过两张乒乓球台。

蟾蜍

田鼠

田鼠一般会在较浅的土层挖掘洞穴居住。它们设计的洞穴结构复杂，包含通道、休息室、仓库等各类洞室。此外，洞穴一般会有多个出入口，方便田鼠在敌害来临时逃跑。

鼠妇

一碰就会卷成小硬球的“西瓜虫”就是鼠妇的一种。

找一找，下面的植物都在绘本的哪里出现过？

毛茛（gèn）

白车轴草

虞美人

深红色、丝绒质感的花瓣

深紫色的花蕊

冰岛虞美人

黄色或黄绿色花蕊

黄、橙或白色花瓣

毛茛（俗名：鸭脚板）

毛茛是春天常见的小野花，它明黄色的花瓣好像金灿灿的小太阳。它长着鸭脚掌般的叶子，还和鸭子一样喜欢生长在水边或潮湿的地方。不过毛茛有毒，接触它后记得洗手哟！

白车轴草（俗名：三叶草）

在草地上常能看见各种“三叶草”，如果它叶子上有白色的“V”形斑纹，有时还高高举着白色或红色的花球，那就是车轴草了。其中叶子圆润的是白车轴草，叶子尖尖的是红车轴草。

虞美人（俗名：丽春花）

它的茎和叶都是毛茸茸的，叶片呈羽状分裂，花朵十分艳丽。还有一种冰岛虞美人与它非常相似，而且更加常见，不过花蕊和花瓣的颜色有所不同。

让我们一起来认识一下池塘小世界里的动物朋友吧！

黑水鸡

虽然名字带有“鸡”，但黑水鸡可不是鸡，而是一种水鸟，常见于各类天然或人工的淡水湿地。它有着长长的脚趾，使得它可以在荷叶、芦苇丛中“闲庭信步”，还能游泳、潜水，甚至是爬树呢！

凤头䴙䴘（pì tī）

䴙䴘是一种外形像鸭子的水鸟，凤头䴙䴘是䴙䴘家族里的大个子，有着修长的颈部。它的每一个脚趾都扁扁的，双腿位置靠近身体后方，所以走起路来很笨拙，但在水里有着得天独厚的优势，觅食、筑巢、孵蛋、带宝宝都在水上进行。

两只雄鸟在“比美”

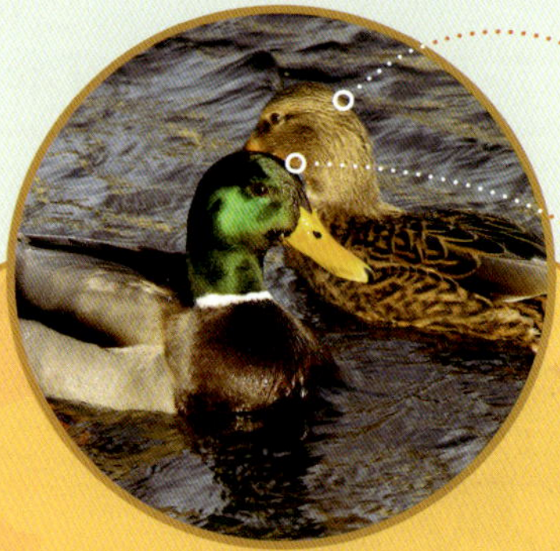

绿头鸭

绿头鸭分布广泛，很早就被人类驯化，是很多家鸭品种的祖先。它有一个特殊技能，就是睡觉时可以睁一只眼闭一只眼来保护自己！

蛞蝓（kuò yú）

金龟子

找一找，下面的植物都在绘本的哪里出现过？

睡莲

荷花（莲花）

灯芯草

黄菖蒲

香蒲

植物简介

睡莲（俗名：子午莲）

睡莲的花朵会在傍晚闭合，第二天再打开。这不是在睡觉，而是困住小甲虫帮它传粉。睡莲经常被误认为是荷花，其实二者根本没有亲缘关系。

灯芯草（俗名：野席草）

这种生长在水边的野草可太有用了。古人从它的茎里取出白色的芯，用作油灯的灯芯或者入药，剩下的茎皮还能用来编织草席和造纸。

黄菖蒲（俗名：黄花鸢尾）

城市的河岸边常种植黄菖蒲来净化水质、美化河岸。

香蒲（俗名：水蜡烛）

“蜡烛”或“香肠”一样的蒲棒，是它的雌花，成熟后轻轻一揉就会炸出无数毛絮。从前生活在水边的人们收集它的毛絮填充枕头和坐垫，把它的叶子编织成蒲扇、蒲席和蒲团等生活用品。

让我们一起来认识一下橡树小世界里的动物朋友吧！

松鼠

松鼠是身体强壮、协调性绝佳的“运动天才”，在高处攀爬、跳跃对它来说易如反掌。它有一对终身生长的超长门牙，吃坚果、做窝、“梳妆打扮”以及和天敌打斗都少不了门牙。和鼹鼠不同，松鼠有一双视力很好的大眼睛。

猫头鹰

猫头鹰的家族庞大，全世界有200多种，大多长着圆圆的“猫脸”。和其他鸟不同，猫头鹰的两只大眼睛都长在头前方，且无法转动，永远只能直视前方。为了看清周边的事物，它们的长脖子异常灵活，转头范围可达270度。

象鼻虫

象鼻虫是象甲科60000余种昆虫的统称，是昆虫界乃至动物界最大的科。它们有着长长的喙，看上去就像大象的鼻子，可以钻穿坚硬的果实甚至是树皮。象鼻虫的种类丰富，爱吃的东西也很不同，有一种甚至专吃芒果呢！

星天牛

蓝山雀

找一找，下面的植物都在绘本的哪里出现过？

常春藤

植物简介

常春藤（俗名：爬树藤）

常春藤，顾名思义，它四季常绿，是多年生的攀援植物。它平时长着像鸭掌一样的叶子，常把树干覆盖得郁郁葱葱。但当它将要开花时，新长出的叶子会变成长卵形。顶上绿白色的小花并不起眼，但是芳香扑鼻，好像一朵朵炸开的小烟花。

苔藓

苔藓（俗名：青苔）

苔藓是一类附生在岩石和树皮上的微小植物，总是匍匐在潮湿、阴暗的角落。但你知道吗？苔藓是地球上最勇敢的“拓荒先锋”，它可以蓄水固土，加速岩石风化，形成土壤。它还有超强生命力，能在环境最严峻的荒漠和极地生存。

栎树

栎树（俗名：橡树）

它的果实叫作栎子或者橡子，富含淀粉，是小动物非常重要的食物来源。它和我们熟悉的栗子都属于壳（qiào）斗科植物。这类植物的果实都顶着名叫“壳斗”的帽子。不同的橡子戴着不同的帽子，有些帽子上还长着凸出的刺，比如麻栎和栓皮栎。

让我们一起来认识一下风中小世界里的动物朋友吧!

兴奋时金色羽冠竖立，像戴了菊花花瓣

戴菊

俗称戴菊莺，看起来就像一个小绒球，十分可爱。它体长仅约9厘米，重量和橡皮差不多，是全球最小的鸟种之一。身材娇小的它常成群于高林间捕食昆虫，单只年捕食量可达数百万只，堪称“森林卫士”。小小的戴菊莺是寿命最短的鸟儿之一，但依靠“多产”仍维持住了种群数量的稳定，真了不起!

松鸦

为了应对漫长的冬季，松鸦会把部分种子分散储藏起来，作为过冬的粮食。不过有些能被找回来吃掉，有些则会因为被遗忘而获得萌发的机会。松鸦偏爱吃橡树的果实，如今橡树分布甚广，也许就有它的功劳呢!

斑尾林鸽

一种体形巨大但性格胆小机警的鸽子，常见于山地阔叶林间。

找一找，下面的植物都在绘本的哪里出现过？

西洋接骨木

西洋接骨木（俗名：欧洲接骨木）

故事里受伤的戴菊莺在一片白色的花丛下休息，那正是西洋接骨木。或许戴菊莺在用它来治疗自己，因为它全身都能入药治病，被誉为欧洲人的“板蓝根”。当地人还会采集它白色的小花来制作糖浆。我国本土的接骨木也是治疗跌打损伤的药材，它们长得非常相似，不过果实颜色不同。

本土接骨木的果实为红色

西洋接骨木的果实为紫黑色

云杉

云杉

全球共有约40种云杉，近一半分布在中国。云杉四季常绿，十分耐寒，是组成温带森林的重要树种。它长得像松树，但叶子更短，是条形而非针形，枝条上的球果硕大、下垂。云杉在欧洲还被用作圣诞树。

蒲公英

花葶

蒲公英（俗名：婆婆丁）

蒲公英生命力顽强，在人经过的草地或者贫瘠的砖缝都能找到它。蒲公英的叶子紧贴着地面生长，并不会长出高的茎干，只有花葶（tíng）高高竖起，托举着“小降落伞”般的果实。它的果实成熟后会随风飘远。在人们眼中，它不仅是春天的野菜，还是一味清热解毒的药材。

蝴蝶，飞吧！

美丽的小由还有很多好朋友！你想象中的蝴蝶朋友是什么样子的呢？试试给它的翅膀涂上颜色吧！

斐豹蛱蝶

东亚豆粉蝶

红珠凤蝶

报喜斑粉蝶

亮灰蝶

池塘派对

小池塘真热闹！青蛙呱呱合唱团蹲在荷叶上，蜻蜓在四处飞舞，鸭妈妈带着宝宝快乐地游来游去。

试试用捡来的落叶，拼出动物的形状，办一场池塘派对吧！

寻果地图

秋天，小松鼠在地下埋了一些橡子，但是现在它怎么也想不起藏在哪里了！

请你帮它一块儿找找吧，路上还有很多小种子、小果子，如果你看到了它们，请在方框里画一个钩。

栾树果实
广玉兰果实
我是橡树呀，
长大了的橡子。
乌桕果实
怎么会是一棵树？
栗子

观鸟图鉴

我们在小区、公园，甚至是城市中心，都能找到小鸟们的生活痕迹。小侦探们，拿上这份观鸟图鉴去寻找身边的小鸟吧！不过它们的胆子很小，请不要靠太近，免得惊扰它们哟！

树麻雀

我国分布最广泛的鸟，常常成群结队地在电线杆上叽叽喳喳。

______年______月______日

于________________观察到

珠颈斑鸠

成年后戴着“珍珠项链”，做窝很敷衍。

______年______月______日

于________________观察到

夜鹭

常在夜间进食的捕鱼高手，经常缩着脖子一动不动，成鸟看起来有点像企鹅。

______年______月______日

于________________观察到

白头鹎（bēi）

性格活泼，喜欢鸣叫，不挑食，爱吃果实、昆虫以及人们留下的食物残渣。

______年______月______日

于________________观察到

乌鸫（dōng）

常被误认为是乌鸦。鸟中“善口技者”，会模仿其他鸟叫和环境音。

______年______月______日

于________________观察到

戴胜

羽冠华丽，但巢穴非常臭，喜欢在开阔的草坪上觅食。

______年______月______日

于________________观察到

白鹡鸰（jí líng）

能走就不飞，常在水岸边疾跑。

______年______月______日

于________________观察到

亲爱的小画家，玛格达也留了一张画纸给你！

请在这里填满你眼中的自然吧，可以写，可以画，当然也可以贴上你捡到的落花和落叶！

玛格达是一只鼹鼠，虽然名字里带有“鼠”字，但实际上和老鼠并没有亲缘关系，鼹鼠和老鼠的关系比猫和狗更远。

鼹鼠的身体构造完全适应地下的洞穴生活。不会进土的眼睛和耳朵、圆滚滚的身躯、柔软紧实的毛皮、肌肉发达的前肢，使它成了一台“微型挖掘机”。它几乎一生都生活在地下，每天都忙着挖洞、觅食……

但是在《大自然的魔法课》里，玛格达拥有了不一样的命运，它可以亲眼看见美丽的花草树木，结识新朋友，还成了一个小画家！

这个春天，你也多多走出家门，呼吸温暖的春风，去感受大自然的魔法吧！

Magda

著作合同登记号 图字：11-2023-323号

图书在版编目（CIP）数据

池塘小世界 / (法) 安妮·西布兰文 ; 祝雨清译 ; (法) 埃米莉·安热博图. -- 杭州 : 浙江科学技术出版社, 2025. 4. -- (大自然的魔法课). -- ISBN 978-7-5739-1756-0

Ⅰ. I565.85

中国国家版本馆CIP数据核字第2025LF1896号

大自然的魔法课

池塘小世界

［法］安妮·西布兰（Anne Sibran） 文
［法］埃米莉·安热博（Émilie Angebault） 图
祝雨清 译

浙江科学技术出版社·杭州

连着下了好几天的雨，地上到处淌着水，大家只能尽量顾好自己。

“这雨要什么时候才能停啊？”小鼹（yǎn）鼠玛格达冷得哆哆嗦嗦。

“我囤的谷粒也湿透了。”一只田鼠唉声叹气。

“我可要感冒了。”一只鳃角金龟嘟囔道。

“我倒是挺好的！”蟾蜍莫里斯眉飞色舞。

蜗牛阿希尔看着弯腰端盆的玛格达，向她提议：“不然你给我们画一幅画吧？”

“好啊，可是怎么画这些水呢？”小鼹鼠问。

鼬（yòu）鼹路易斯冲进画室，蚯蚓、蜈蚣、鼹鼠一家与几只金龟子跟着他。

他大声喊道：“玛格达！涨大水了，水从四面八方涌进来了！赶紧保存好你的画，快快从这儿逃走吧。”

“但……但是……逃去哪儿呢？还有……怎么逃？”小鼹鼠有些担心。

蛞蝓（kuò yú）吞吞吐吐地说：“我……不会游泳。”

“你们别担心，”路易斯说，“我都准备好了，你们跟我来！”

眨眼间，大家各自从画室的墙上取下一张画，匆匆跑向出口。

鼬鼹确实都准备好了。一对野鸭、一只凤头鸊鷉（pì tī）和几只黑水鸡正在外面等着他们。这些水鸟把画夹在翅膀下藏好，大家前往大池塘的岸边会合。一路上，大家都默不作声。

小动物们被闪闪发光的水滴迷住了，一边走一边用好奇而又不安的小眼睛打量着四周。

“你们看！”玛格达叫道，“看这些美丽的颜色，还有那些挂在树叶和草尖上的水珠，到处亮闪闪的。啊，下雨真是太美了！”

大家没有回应玛格达。

在岸边的灯芯草丛里，路易斯用荷叶搭了个屋顶来避雨。

“你们就在这儿等着水退去吧！”鼬鼹说。

“谢谢你，路易斯。这儿真不错！”玛格达欢呼道。

这时，小鼹鼠发现了一面“大镜子”，它在水珠滴落时泛起水波，闪闪发亮。

“玛格达，别再靠近了，不然你会掉进水里的。”一只野鸭扑着水说。

“这里全都是水！”小动物们有些惊奇，紧紧靠在一起。

“没错，这就是我们的池塘，”野鸭解释道，“我们就在这儿生活。”

小鼹鼠趴在地上，出神地欣赏着。当气泡或鱼鳍露出水面时，大池塘会折射出各种各样的颜色。这里所有的生命，所有的颜色，玛格达都想见见！

突然，玛格达发现了一种纤细而优雅的虫子，它们在水面上跑来跑去。小鼹鼠不顾一切，试图追上这些虫子，结果“砰”的一声掉进了水里。

“玛格达！”小动物们惊慌失措。

但玛格达很开心，她的皮毛能让她自然而然地浮在水面上，也让她既能感觉到水的凉意又不受冻。她游向那些在水面上“溜冰”的虫子，它们优雅地滑向四处。

“你们是谁？你们是怎样做到站在水面上的？”玛格达问它们。

“我们是水黾（mǐn）。我们很轻，而且每只手臂的末端都有些小细毛，所以我们能站在水面上。”

“我的手臂只能画画，没法让我站在水面上。”玛格达有些遗憾。

夕阳照亮了池塘，像橘色的蜜一样流淌在树干和树叶上。栖息在睡莲上或隐藏在碎米荠丛里的青蛙们，唱起了歌。湿润泥土的味道，夹杂着绣线菊与薄荷的芬芳，黄昏闻起来真棒！

“这唤起了我的记忆，”蟾蜍莫里斯声音有些颤抖，“我觉得我应该是在这个池塘里出生的。”莫里斯太欣喜了，呱呱地叫了起来。

夜空中几颗星星亮了。有些小飞虫从水面上飞起，聚成一片，它们是蜉蝣。它们附着在细枝上，然后飞走了。轻柔地扇动着翅膀，沙沙作响。

“这儿可真舒服啊。”小鼹鼠低声自语。

“水退了！我们可以回家了！”一只田鼠跑到池塘边，大声向小动物们宣告。

“等等，请先别走！我们还没有参观池塘呢！”小鼹鼠呼喊着，声音里满是失望。

可是，它们已经走了，只剩下阿希尔、莫里斯和路易斯。

“我的小池塘啊，你如此神秘，充满生机。我很想将你一探究竟，但我不知道该怎么做。”玛格达叹了口气。

就在这时，一只水蜘蛛从水面下冒了出来：“我来帮你！看我，噢！我抓住了一个大气泡。噢！我把细丝编织在薄膜周围。看，现在，只要你把头伸进这个气球里，就能像我们一样在水里呼吸啦。”

玛格达向水蜘蛛说了声“谢谢”。

“我还是就在这儿等你吧。”蜗牛有些害怕，胆怯地说。

“但你就什么也看不到了啊！”

“你回来画给我看吧。”阿希尔提议。

玛格达抓着睡莲的枝干，在蟾蜍与鼬鼹的带领下，慢慢进入水中。从水里往上看，池塘水面就像被阳光穿透的镜子，蚊子的幼虫正在水面上扭动。蝌蚪们好奇地靠近了这些探险者。

“蝌蚪们真是太可爱了！”路易斯温柔地说，“不久后，它们就要出水变成蛙了。”

“你呢，你是谁？”一只颜色正在变化的小鱼问。

“这是刺鱼。”路易斯提醒玛格达。

“我叫玛格达，是一只鼹鼠。”她回答道，“我一般生活在地下，我来是为了见见你们。我以前都不知道池塘里有这么多生命。”

“这还不是全部呢，”一只身上有小气泡的黑色金龟子说道，“这里还有很多为了不被看见而伪装起来的动物……我带你看，跟我来。”

玛格达踩着深色天鹅绒般的塘泥，在水草中开出了一条小道。

上方湖水像是大片明亮的天空，昆虫、鱼儿、幼虫和蝾螈（róng yuán）则像飞鸟一样遨游其中。小鼹鼠睁大眼睛，观察每一个细节，她已经在想着怎么把它们画下来了。

“看那儿，玛格达，你看到了什么？”黑色金龟子狡黠（xiá）地问道。

“是树枝？”玛格达试着回答。

但是“树枝”却开口说话了：“我是水螳螂，通过身体的末端呼吸。”

一只仰泳蝽（chūn）靠近了。它背朝下仰着游泳，骄傲地说：“我的眼睛既可以观察水面，又可以观察水下。”

地面动了起来。

“当心点儿，你踩到我了！”一只被沙粒和木头覆盖的石蛾幼虫抱怨道。

“哦，对不起，”小鼹鼠向它道歉，“这个世界对我来说太陌生了，我不知道应该把脚落在哪儿。”

玛格达把画架立在岸边。池塘边居住的小动物们都过来看她。附近的灯芯草上，一只幼虫激动万分。然后，一只蓝蜻蜓也出现了，在飞走前问道：“我呢？你会把我也画进去吗？”

玛格达画好啦！小鼹鼠的新朋友们看着画板，赞叹连连。

“玛格达，看到你的画，我才发觉我们这儿实在是太美了。”一只蝾螈说，“我之前都忘了我们这儿有多美。”

画室里，大家都聚在一起。

“朋友们，在水蜘蛛的帮助下，我潜到了水里！为此，我画了一幅画。”

“水底下有那么多动物吗？！”蚯蚓惊奇万分。

“太美了，但它们的颜色没有花田里的多，”鼠妇说，“倒是有点儿像咱们地下……”

“你说得对，”玛格达回答道，“池塘就像地下。在那个世界里，颜色都孕育在卵中。这些卵像小种子一样产在水草上、塘泥里。然后，它们会慢慢变成蜻蜓、蚊子、蜉蝣、雨蛙，直到有天从水里出来。”

“或者变成蟾蜍！”莫里斯调皮地插了一句嘴。

Magda

著作合同登记号 图字：11-2023-323号

图书在版编目（CIP）数据

花田小世界 / (法) 安妮・西布兰文 ; 祝雨清译 ; (法) 埃米莉・安热博图. -- 杭州 : 浙江科学技术出版社, 2025. 4. -- (大自然的魔法课). -- ISBN 978-7-5739-1756-0

I. I565.85

中国国家版本馆CIP数据核字第2025J3D554号

书　　名　大自然的魔法课
著　　者　［法］安妮・西布兰　　**绘　　者**　［法］埃米莉・安热博
译　　者　祝雨清

出　　版　浙江科学技术出版社　　**地　　址**　杭州市拱墅区环城北路177号
邮政编码　310006　　**联系电话**　0571-85176593
发　　行　读客文化股份有限公司　　**印　　刷**　天津联城印刷有限公司

开　　本　889mm × 1194mm 1/16　　**印　　张**　7.5
字　　数　76千字
版　　次　2025年4月第1版　　**印　　次**　2025年4月第1次印刷
书　　号　ISBN 978-7-5739-1756-0　　**定　　价**　69.90元

责任编辑　刘　燕　　**责任校对**　李亚学　　**责任美编**　金　晖　　**责任印务**　叶文炀
特约编辑　江蓉祁　付佳瑞　　**文字编辑**　马敏娟　易佳智
封面装帧　向　静　　**内文装帧**　赵　平

大自然的魔法课

花田小世界

[法] 安妮·西布兰（Anne Sibran） 文
[法] 埃米莉·安热博（Émilie Angebault） 图
祝雨清 译

浙江科学技术出版社·杭州

小鼹（yǎn）鼠玛格达画完画儿啦！

她的小伙伴们都连忙赶来画室欣赏她的新画。

“多美的画呀！”蜗牛阿希尔说，“看得让人嘴馋。”

“这些胡萝卜真是好看！”水田鼠以一种行家里手的口吻表示赞同。

“树根下的这个洞看起来多么舒服啊！”蟾蜍莫里斯陶醉地感叹道。

“玛格达，看到你的画，我才觉得我们地下真是太美了。”阿希尔说。阿希尔是玛格达最好的朋友，我总忘记这事儿。

“阿希尔，我感觉我的画里少了点儿什么，少了些能让画变得更美的东西。”小鼹鼠一脸担忧地说道。

“要是我画，我就画得更黑一些。”阿希尔提出建议。

“啊，不不不，我才不要！”玛格达说。

“再到处加上大把大把的褐色……”阿希尔接着提议。

“更不行！”

“啊，对了！那边再涂上厚厚的灰色！”阿希尔又生一计。

“这个免谈！”玛格达有些恼火。

“那你想加点儿什么呢？”

“我不知道。可能缺了，缺了……”小鼹鼠挠挠脑袋。

忽然，一只巨大的毛毛虫从画室的天花板上滚落下来。

“你们好，我叫小由。”毛毛虫边说边直起身子，“你们知道哪里有安静的角落，好让我去挂吊床吗？重大的日子要来了，我得好好准备。”

“重大的日子？什么重大的日子？”玛格达问。

“啊！啊！这可是个惊喜，”毛毛虫有点儿调皮地回答道，“你明天就知道啦！”

“我家有间客房，你来我家吧！”玛格达发出了邀请。

“我很乐意！不过，这里有些暗，我看不太清。”毛毛虫说。

“但地下一直都是这样……”

“啊，原来如此！我掉到了地下！我们地上的小伙伴说，你们地下总是黑漆漆的，什么都没有。”

两个新伙伴缓缓地在地洞里走着。

“在这儿可不能大声说话，”玛格达轻声说，“种子们还在睡觉呢。我们去那个小山洞吧，泉水是从那儿流出来的。你听见了吗？泉水在轻声唱着歌，咕噜咕噜的。”

毛毛虫点了点头，睁大了眼睛。

玛格达继续说道：“地下到处都有地洞，这些地洞是我们的过道。我们在这里奔跑，爬到藏身之处，蜷缩着长大、变化……看，这里是客人们的卧室，他们和你一样，都是从地上来的。冬天里，他们到地下来休眠，因为我们这儿的土壤还是暖烘烘的。闻闻吧，这些土壤的味道是如此美妙，如此好闻。”

毛毛虫很受触动，悄声说：“玛格达，我以前都不知道地下有这么多美好的事物。”

小由瞧见了小鼹鼠的画儿。

“这些画儿真好看，”毛毛虫承认道，“但我觉得少了点儿颜色。”

“怎么会呢，小由！看这些褐色、黑色和灰色！”

“但是，玛格达，这个世界上可不止这几种颜色啊！”

“你是说除了褐色、黑色和灰色之外，还有其他的颜色？”玛格达惊奇地问，两只小眼睛睁得圆圆的，和蜗牛卵似的。

“当然啦。”毛毛虫回答道。他开始打哈欠了。

“嘘！别说话了，现在是睡觉的时间了。”阿希尔咕哝着，钻进了他的壳里。

小由已经挂好了吊床。玛格达躺在她那柔软的小床上，床是用小树枝和青苔做的。

“晚安啦，小由，”她说，“明天可是你的大日子！”

“晚安，玛格达！”

但小鼹鼠可睡不着。她一直想着究竟什么颜色是她从来没有见过的，她焦急地想知道！

玛格达醒来时，毛毛虫已经不在了。有些奇怪的彩色印迹一直延伸到通风口。玛格达沿着这条印迹，好奇地向前走。在梯子边上，有只极漂亮的蝴蝶正在等着她。

“早上好，玛格达！是我呀，小由。看，这个惊喜是不是很美！我的翅膀和触角是不是很漂亮！来呀，过来，再靠近些，我现在可以给你展示其他颜色了！”

小由慢慢展开翅膀，翅膀上有天蓝色、玫瑰色、橘色、绿色。

“噢，这些颜色太耀眼了。真是太美了！”玛格达陶醉地惊呼。

“跟我来吧。在地上，我们拥有世界上所有的颜色。”

蝴蝶已经爬上了梯子。玛格达看着他慢慢走远，有些犹豫。她可从来没有去过地上。

“去吧，”阿希尔鼓励她，“你是那么想去。”

就在这样一个美妙的春日早晨，玛格达出现在一大片花田中，这儿虫鸣鸟叫。有太多东西可以去看、去闻。她有些头晕目眩，小眼睛眨巴眨巴。

“噢……噢……”玛格达惊呼。

“你看！这些是虞美人、矢车菊、毛茛（gèn）。”蝴蝶小由在花田上飞着，指给玛格达看，“在这儿，每一朵花都有它自己的颜色，或红，或蓝，或黄；每一棵草、每一片叶的绿色也都有些许不同。”

“是这样吗？”玛格达有些惊奇，“你是说，每一种颜色背后都是一个小生命？”

“没错，”蝴蝶回答道，“地面上的我们数不胜数，各不相同。”

小鼹鼠沉醉在喜悦中，躺在草丛上，草是那么的柔软，头上是湛蓝的天空、温暖的阳光和飞翔的鸟儿。

这里所有的生命，所有的颜色，玛格达都想见见！

她想到了她在地下的小伙伴们，他们没有机会认识所有的这些颜色。她有了一个主意：她要为他们把花田画下来。

玛格达拿着草稿本，在草茎间穿行。一只田鼠陪在她身边。

“你看，花田就像一片小小森林。低处，有像我这样走着的，也有像蛇那样爬着的。高处，哪儿有花，哪儿就有飞舞、采蜜的蜂蝶……”田鼠说。

“还有同时在这两个地方的，”一只路过的云雀插嘴说，“我把巢安在地上，但我也在天上飞……”

玛格达一边描画，一边倾听，一边嗅个不停。一片花田就是一个世界，要怎样才能把它画下来，把它讲明白呢?

在云雀的帮助下，玛格达参观了绣线菊、碎米荠、雏菊和红豆草花。

她闻着、看着，轻轻抚摸着它们的花瓣，轻柔地对它们说话。

在看过每一朵花、每一棵草、每一个小动物之后，玛格达开始画画了。她低声哼唱，内心欢喜，能涂上所有这些颜色真是太愉快了！

忽然，一切都消失了。

“小由！”玛格达慌了神，“颜色都不见了！”

“因为太阳落山了，”蝴蝶解释道，“别担心，你画的这些颜色明早天一亮就会回来的。来吧，好好睡一觉。”

第二天，玛格达画好了她的画。

在花田里居住的小动物们都过来看她的画。

“我觉得这朵虞美人倒是和我很像呢！”一只瓢虫自豪地欢呼。

“我嘛，我就像这些花当中的一朵。”蝴蝶开心极了。

“我重新认识了我出生的地方。”野兔动情地说。

“玛格达，看到你的画，我才发觉地上实在是太美了。”一只蜜蜂说，“我之前都差点儿忘了我们这儿有多美。”

“谢谢你们，我现在该回地下去了，我的小伙伴们在等着我。我也要让他们认识所有这些颜色！”

“早日再来我们这儿！”小动物们向她喊道。

地下的小伙伴们都聚集在了画室里。

“我的小伙伴们，我有个惊喜！这些是花田里的颜色，它们来自地上！”

小伙伴们都惊叹叫好。鼠妇滚成了一个球，蚯蚓兴奋地扭动着，蟾蜍莫里斯开始呱呱叫了。

“我们这儿只有灰色、黑色和褐色。”蜗牛咕哝着。

“但是，阿希尔，要知道所有颜色都是在我们这儿的种子里、虫卵里和树根里孕育的！你看啊，美丽在我们这儿睡觉，等着属于它的大日子：到那时，它就终于可以从土壤里钻出去，展示它自己了！”

“那可别大声说话了，”蜗牛调皮地低声说，“你会把颜色们吵醒的！”

Magda

著作合同登记号 图字：11-2023-323号
Magda et son ami le grand chêne
Text by Anne Sibran
Illustration by Émilie Angebault

图书在版编目（CIP）数据

橡树小世界 / (法) 安妮·西布兰文；祝雨清译；(法) 埃米莉·安热博图. -- 杭州：浙江科学技术出版社, 2025. 4. -- (大自然的魔法课). -- ISBN 978-7-5739-1756-0

Ⅰ. I565.85

中国国家版本馆CIP数据核字第20252XU240号

献给热拉尔·迪里夫，一个对橡树与所有生灵都怀有深深爱意的人。

——A. S.

献给埃米尔和让娜，以及她们家族对这些美丽大树的传承。

——É. A.

大自然的魔法课

橡树小世界

[法] 安妮·西布兰（Anne Sibran） 文

[法] 埃米莉·安热博（Émilie Angebault） 图

祝雨清 译

浙江科学技术出版社·杭州

有天晚上，玛格达被一个细小的声音吵醒了。

“玛格达……玛格达……”

“谁在叫我？”

“是你的床上方发着光的小细根。”

“我听着呢，小细根，你有什么想对我说的吗？”

“我想给你介绍我的朋友大橡树，我可太爱它了！”

眨眼间，玛格达就捡起她的小画本起身了。而半睡不醒的蜗牛阿希尔，还在咕咕哝哝着。

“我准备好了！”小鼹（yǎn）鼠喊道，“我们应该上哪儿去？”

“你顺着我的小细根走，就会在外面的落叶上方看到我。我是一朵蘑菇。”

“走吧，阿希尔，跟着我，咱们看橡树去！”玛格达说。

刚走出地下，一朵牛肝菌就迎接了小鼹鼠和蜗牛。它小小的，像塞子一样圆滚滚的。

“谢谢你们能来。”

天还没亮，在一丛丛蕨类植物间，这两位地下来的朋友发现黑暗中有许多闪闪发亮的目光。

“这里的动物可真多。”玛格达有点儿害怕，低声说。

“这些都是橡树的朋友，”小牛肝菌解释道，“他们都是来见你的。”

秋天的气味可真好闻啊！拂晓时，牛肝菌开始介绍了。

“这是狍子马丁、野猪一家，还有松鼠马里奥……”

“还有我，我是松鸦。”

“咕！咕！”猫头鹰也叫了起来。

“可橡树在哪里呢？”小鼹鼠看了看四周，问道。

“它在你头上，也在你脚下。你现在就在它的地盘上。”小蘑菇说。

“它给了我们树荫、树叶。”狍子解释道。

“它还给了我们橡子，让我们吃得饱饱的。”野猪补充道。

这时，阳光穿过树叶照射下来。一只知更鸟开始唱起歌来。玛格达顺着覆盖着苔藓的树干向上看，树皮的褶皱看起来像小溪中银色的波纹。风微微晃动着树叶。可以看见一簇簇的橡子，还有不少昆虫、小走兽和飞鸟。

玛格达想与大橡树中所有的生命见见！

“我太想爬上这棵大橡树了！”小鼹鼠喊道。

“我会比你先到！”蜗牛阿希尔说着大话。

狍子用角将他们抬起来。玛格达抓住了老树的树皮。

“我不会爬树……”小鼹鼠哀叹道。

“你抓住我的脖子吧，”松鼠马里奥提议，“我带你上去……”

“我已经走在你们前面了！”阿希尔洋洋得意。

在一只鸸（shī）鸟的陪伴下，这两个新朋友惊扰了一只尺蛾。它的翅膀与树皮的颜色、纹路如此相似，差点儿骗过了大家。

“是什么在木头里挠来挠去的？”玛格达问松鼠。

“看那儿，那是个蚂蚁窝。再往上走，在蚂蚁窝深处，幼虫还在睡觉。你看这片树皮上的缝隙，它是不是就像给天牛们和甲虫们开了一条小道一样？在这棵老橡树上，他们在苔藓上睡觉，在叶芽和树茎上产卵……”

“我们还在橡子上打洞洞。”一只象鼻虫晃动着它长长的喙（huì），一副调皮捣蛋的样子。

玛格达跨坐在一根树枝上开始画画了，一只莺、几只蓝山雀和一只大天牛看着她画。哎呀，大天牛飞走了！

“玛格达，你知道吗？是我们松鸦创造了这片橡树林。”这只鸟郑重其事地解释道，“橡树首先是一颗小橡子，然后才长成大树。瞧这个。”

“真的吗？那你是怎么种出树林的？”

“我把橡子吃进肚子里，那些吃不完的，就把它们埋藏起来好过冬。”松鸦解释道。

“……然后你就把橡子们忘得一干二净啦！”知更鸟咯咯笑着插了句嘴。

“然后橡子就发芽了，”松鸦继续说，“它的根慢慢深扎进土地里，叶子也逐渐展开。橡树就这样不断长大，长大，长大……要长很长时间才能变成一棵大树呢。”

玛格达弯下身子看着树下的空地，试着去猜想到底有多少小橡树的嫩叶藏在蕨类植物的下面。在树上，树下的一切看起来都那么小，但却能看得更远。还有那么多的树，就像还有那么多等待探索的小天地！

树叶们打着转儿，轻轻柔柔地从树上飘落。

玛格达在树枝上蹦来跳去，感觉自己那么轻盈。

“可得当心啊，小鼹鼠！你可不会飞。”松鼠一边说，一边拉住了玛格达。

他们继续向上攀登。在他们休息的地方，蝙蝠们开始抖动翅膀，夜晚马上就要降临了。

“我们就要到树顶了，但现在我们什么也看不见了。来吧，玛格达，我邀请你来我的小窝里过夜。”松鼠说。

在所有的树叶和天空一起被染红后，大橡树就突然消失在了黑暗中。可以听见灰林鸮（xiāo）的歌声在森林里遥相呼应。在树上，到处是抓挠声和细小的虫鸣鸟叫声。

“在这里，大家都不睡觉啊。”小鼹鼠自言自语，开心得身体都在颤动。

舒舒服服地躺下之后，玛格达观察着星星，还有逐渐升起的月亮。“在大橡树上，我可真是太惬意啦！”

夜晚，玛格达梦见了大树在她耳边对她说话。它温柔地向她讲述，它是怎么通过树根从土地中汲取水，再将水从树皮下传送给它的每一片叶子的。然后，大树还展示了喝饱了水的叶子是怎么迎接阳光，又将蜜汁一样的阳光送回树根并滋养它的。

“噢，”玛格达在梦中呓（yì）语，“橡树真是一个伟大的魔术师！”

这时，大橡树开始发光。小鼹鼠感受到了树的呼吸。一层轻轻的水汽从树叶丛中溜了出来，成了云朵。这么一来，也就有了雨。

玛格达在树顶上欣赏了日出之后，和松鼠马里奥一起回到了地面上。她坐在小牛肝菌旁，在小动物们的注视下，开始画她的画啦。

“救命啊，”蜗牛阿希尔喊道，“我下不来啦！”马里奥听了，马上就过去了。

“你就像一颗榛子一样轻啊。”松鼠把蜗牛轻轻放在地上。

玛格达画好啦！

“我之前都几乎忘了我们的大橡树有多美了。”一只黑野猪说。

到了要离开的时候了。

“再见啦，小蘑菇……记得晚上再来找我说话。”

大家都聚在玛格达的画室里。

“我的朋友们，我发现了一个新世界，它也是我们的世界。装点我们地下长廊的树根来自一棵老橡树，它是一个伟大的魔术师！”

“橡树为什么是一个伟大的魔术师啊？”蟾蜍莱昂问。

“因为它能变出云朵来，我在梦里看到了。多亏了这些树，我们才有了雨水。雨水让土地湿润润的，我们才好挖洞。所有这些美好都是从一颗小小的橡子来的。”玛格达补充道。

她把大橡树的种子分给了她的朋友们。

“把它们埋在地下，但不要埋得太深，像松鸦那样埋就可以了。”

大家都宝贝似的把种子握在手里。

“那我们怎么知道橡树过得好不好？”田鼠问。

“也许哪一天晚上，你能听见它的小蘑菇们说话呢。那时就知道啦。”玛格达回答。

Magda